나는 세상이라는 정원에 핀 꽃이다

나는 세상이라는 정원에 핀 꽃이다

초판 1쇄 발행 2021. 11. 19.

지은이 이수미
펴낸이 김병호
편집진행 임윤영 | **디자인** 정지영

펴낸곳 주식회사 바른북스
등록 2019년 4월 3일 제2019-000040호
주소 서울시 성동구 연무장5길 9-16, 301호 (성수동2가, 블루스톤타워)
대표전화 070-7857-9719 **경영지원** 02-3409-9719 **팩스** 070-7610-9820
이메일 barunbooks21@naver.com **원고투고** barunbooks21@naver.com
홈페이지 www.barunbooks.com **공식 블로그** blog.naver.com/barunbooks7
공식 포스트 post.naver.com/barunbooks7 **페이스북** facebook.com/barunbooks7

바른북스는 여러분의 다양한 아이디어와 원고 투고를 설레는 마음으로 기다리고 있습니다.

이수미 시집

나는 세상이라는 정원에 핀 꽃이다

바른북스

시인의 말

문학을 마주하는 나 자신에게
온 힘을 다했다고 언제쯤이면 당당해질 수 있을까.

첫 번째 독자라며 멀리서 가까이에서 응원해주는
가족, 친지, 벗들에게 고마움을 전한다.

부디 문학적 가치보다 편하게 읽어가며
진솔한 마음만 보아주기를 바랄 뿐이다.

2021년 초가을 이수미

차례

시인의 말

제1부

제2부

제3부

제4부

제5부

긍정의 정신이 일으킨 놀라운 힘

제 1 부

아따, 여그가 무릉도원

기타 메고 룰루랄라
순화궁 고개 넘어서다가
철쭉꽃 더미에 풍덩
봄볕 맘껏 퍼먹으며 만든
그 진홍색 붉은 세상에 풍덩

불현듯

그리움이란
제 곁에 있든 없든

마음이 울적한 날
불현듯 찾아오는 것

그리움이란
자신이 끼고 살든 말든

콧등이 시큰해지는 순간
불현듯 찾아오는 것

살다가
눈 깜짝할 사이에
오다가 가는 것

불현듯

저 홀로 가다가

문득 또 돌아보는 것

마지막 말

잘 자
잠들기 전
가까운 사람들끼리 나누는
다정하고 애틋한
그 평범한 말이
눈시울을 적시게 한다

사라지고 돌아오는 별들처럼
꿈길로 가는 고요한 인사
인생의 마지막 날까지
하고 싶은 말

언젠가 나 눈을 감을 때에도
꼭 듣고 싶은 말
잘 자

홍대 아리랑

홍대 버스킹 거리에 가면
젊은 아티스트들의 즉흥 연주가 펼쳐진다

해금선율에
드럼과 베이스기타 합주
판소리 창으로 노래하고
중간중간 랩을 섞어 부르는 아리랑
혈관 속을 흐르는 피처럼
자연스럽게 착착 휘감기면서
마음을 에는 우리 가락

흥에 겨워 발가락 장단을 맞추다가도
눈에서는 나도 모르게 또르르
눈물 흐르는 홍대 아리랑

나는 세상이라는 정원에 핀 꽃이다

드넓은 들판 잉잉거리는 벌과 나비 떼
어쩌면 세상에 목메지 않는 저들이
시인일지도 모른다는 생각이 든다

꿋꿋한 생명력으로
겨울 밑동 찬 서리 맞으며
이른 봄 알리는 복수초처럼
살면서 영광스런 순간이 몇 번이나 있을까마는
사는 동안 힘차게 날고 사랑하거라

한 치 앞도 내다볼 수 없는
고독한 세상살이지만
세상이라는 아름다운 정원에서
나도 나만의 향기 품어내며
열심히 한번 살아볼 터이니

지화자 부부의 대화

모처럼 가족이 함께 밤 벚꽃 핀 거리를 거닐다가
남편이 지화자 씨에게 말하길,
잘 때도 마스크 쓰는 부부는 세상천지 우리뿐일 거야
당신 언제까지 거리 두기 하며 잘 거야

그 말을 듣던 지화자 씨가 쌍심지 켜고 대꾸하길,
그런 당신은 언제까지 바지 주름, 옷 각 잡으며 살 건데
언제까지 해병대 정신으로 살 거냐구

두 사람 눈에 쌍심지가 켜지고 서로 머리끄덩이 잡을
찰나
딸이 뜯어말려 겨우 진정하고 집으로 돌아가는 길

오늘 밤만 거리 두기 해제 좀 해줘
서울시장 보궐선거 누가 당선되는지 보고

우이령 단풍

엄마 젖무덤처럼 보드라운 흙길 밟으며
살방살방 걷는 우이령 길
단풍물에 흠뻑 젖어 마취제에 취한 듯 걷다 보니
낼 아침 똥은 분명 노랑 빨강 주황 연둣빛으로
화려한 교향곡을 연주할 것 같다

우연히 봐도 예쁘고
가만히 다가서 봐도 예쁘고
날 것으로 보니 더 예쁜
앞으로 몇 번이나 저 단풍이
내 두 눈에 담겨 머물다 갈지

다시 태어날 수만 있다면
가을볕 아래 태어나
징글징글 단풍으로 살다가
사람들 눈에 곱게 물들며 저물어 가도 좋겠다

절정

단풍만 아는
우리의 포옹

울컥한
살 냄새

해일처럼 덮쳐오는
혀끝의 짜릿한 전율

신음소리에 덩달아 달아오른
선홍빛 단풍 이파리

다시는 오지 않을
그 가을날의 풍경

만첩 홍도화

겹겹이 피어올라
살 비비는 신음소리
홀린 듯 빨려들어
숨을 쉴 수 없었다

몸을 가누지 못해
부들거리는
미끄덩한 대낮
아랫도리가 젖는다

하늘이 뿔났다

얼마나 화가 나셨으면
이 숨 막히는 여름날까지도
말을 못 하게 마스크로 입을 틀어막았을까

얼마나 화가 나셨으면
서로서로 가까이 만나지 못하도록
일정한 거리를 두게 하였을까

얼마나 화가 나셨으면
여름 내내 비가 쏟아져
멀쩡한 산이 무너지고
제방은 또 터져
주택이 침수되게 만들었을까

얼마나 화가 나셨으면
역귀를 보낸 뒤에도
세상을 온통 흙탕물로
뒤집어 씌워놓은 것일까

덜 여문 이 의원님

자네는 고향이 어디당가
쩌 그 아랫녘 선운사 그쯤 이어라우

오메 반갑고만
스물두 살 때 그짝에 사는 처자와
군 입대하기 전날 밤 로맨스가 있었제
손만 잡고 잠자기로 하고
여관방에 들어갔는디
느닷없이 처자 젖무덤 속으로 손이 가는 바람에
다음 날 다리가 휘청거리는디
아 글씨 엿가락이 되았드랑게
군대에 가서는 참말로 곤란했고만이
두 다리 휘청거릴 때마다 생각나고
고거이 묵직허니 불끈불끈 일어서는데
하루하루 지내기가 참말로 힘들었제

아 그거야
이 의원님 고추가 푸르댕댕허니
꽈리고추처럼 덜 여물었으니께
당연지사 그런 것이겠고
설마 그 처자 생각나면 시방도
불끈거리는 건 아니겠지라우

빨간 순정

내 마음 지끈 꺾어놓은
당신을 좋아합니다

차마 그 말을 전하지 못해
바람이 세게 불던 날
동백 숲에 홀로 들었지요

내 눈에 쏙 들어온 당신
가슴 복판에
찰랑찰랑 고여 있어
터져버린 빨간 순정

후드득 후드득
발등만 적시우고 말았습니다

고개 숙인 남자

종지에 담긴 간장 찍어 맛보듯
사람도 간을 꼭 봐야 쓰것냐고요?

신줏단지 모시듯 애지중지할 땐 언제고
삼 년 동안 한 번도 사랑한 적이 없었다니요?

호구처럼 홀라당 가랭이까지 벌려줬더니
왜 저 혼자서 꿀꺽 받아먹고
발라당 나자빠지느냐 말이어요

묻지 마 관광

안녕하십니꺼
지는요
직업이 건축 방수공사 하는 사람입니더
다른 사람이 하믄 새는데예
내 손이 하믄 백년이 가도 비 한 방울 안 샙니더

이쁜 여성분들 반갑고예
허리 공사를 병원에서 공구리치고 복대하고 왔는데
멋찐 오빠야가 맘에 들더라도 참으이소마
남자 구실은 아직 자신 없어예

아! 글고예
남자분들께 당부드리고 싶은 말이 있는데
나이 들믄 몸에서 냄새가 납니더
여자들이 옆에 오기 싫어하니까 우야든
밤낮으로 누수 되는 데 없나 깨끗이 관리하입시더
몇 마디 안 했는데 벌써 종점에 다 와뿟다 아이가

남자분들 명심하이소

여자는 종점에서 만난 여자가 최곱니더

이만 끝

인생아 사랑한다

살아보니 인생은
근사하지도 반짝이지도 않더라

그냥 태어났으니 사는 것일 뿐
죽지 않고 별 탈 없이 사는 게 다행일 뿐

행복은 신기루라는 걸
나 자신이 무너진 후에 알게 되었지

밥을 먹다 보면 맛있는 밥만 먹을 수 없듯이
그런 거니 하고 살아야 할 때도 많다는 걸 배우게 되고

이런 글을 쓸 수 있는 지금 이 순간이
작은 행복인 것을 깨닫게 된다

내 자그마한 읊조림을 들어주고
때로 위로가 되어준 시야!
그런 시를 또 곁에 둔 내 인생아!
고맙고 고맙고 또 고맙다

제
2
부

사랑이 꽃피는 현장

철쭉꽃 더미 앞에서 사진을 찍으려는데
갑자기 어디선가 날아온 나비 한 마리

얼굴 주변을 맴돌며 훼방을 놓아
단번에 자리를 비켜주니
꽃망울에 코끝 비비며 나폴거린다

달콤한 꿀이 뚝뚝 떨어지는
사랑이 꽃피는 현장
가슴이 뜨끈해지는 건 무엇 때문일까

봄 탓

오늘 나가 말여
날씨가 몹쓸나게 좋아서 선암사에 갔었제

볼이 화르르 벌겋게 물들어
막무가내로 발길 막아서는 겹벚꽃이
꼭 낮술 한 잔 걸친 것 같더란 말이시

환장해서 처다보다 봉개로
내 가심 팍 인두 불로 지져불고
휑 가버린 소싯적 그놈이
번갯불처럼 스치는디

아! 썩을

사람은 어찌어찌 잊어보겄는디
나를 홀라당 넘어가게 한
그 달콤한 말은 당최 잊을 수가 없으니

내 눈엔 호수가 떡 놓여 있어

그만 빠지고 싶었다나 어쨌다나

어매 젖

초등학교 이 학년 어느 날
담임선생님께서 반 아이들과 함께
가정 방문을 오셨는데
옆자리 짝인 남자애가 날 가리키며 하는 말
야는 아직도 엄마 젖을 먹어요

선생님이 돌아간 뒤 빨간약 아까징끼를
내 손으로 엄마 젖무덤에 듬뿍 발라놓고
물끄러미 바라보며 얼굴 찡그리고 있는데
울 어매 내 손을 끌어 다시 젖 물려주며 하는 말
어매 젖은 내 새끼 먹으라고 있는 것이여

세상에서 제일 따뜻하고 신선해
오래오래 물고 놓고 싶지 않은 것
깊고 깊게 흐르는 강물 같아서
그 안에서 오래오래 허우적거리고 싶은
울 어매 젖

어머니

구례 산동마을을 뒤덮은 노란 물결 따라
호젓한 길가 반쯤 열린 기와집 대문 사이로
오래전 어머니가 쪽진 비녀 머리 버선발로
달려 나올 것만 같아 기웃거려 보다가

울긋불긋 꽃 대궐 앞마당
홍매화 붉은 때깔에 눈먼 사람들
넋 놓고 바라보고 있네

하동 화개장터 엿장수 가위질 장단에
'노세 노세 젊어서 놀아'
구경꾼들과 섞여 걸판지게 놀아도 보고

섬진강 푸른 대나무 숲 백사장 은빛 모래밭에
내 이름 석 자 써보기도 하고
봄꽃처럼 설레어 걷고 또 걷기도 하다가
어머니가 따라올 것 같아 자꾸 뒤돌아보네

영이

눈에 이상이 생겨 잘못되면 실명을 할 수도 있다는
의사 선생님 말씀에 겁에 질린 두 눈망울이 파르르
떨린다

걱정 마 영이야 내가 눈이 두 개나 있잖아
관리 잘해서 하나 나눠줄게 하며 손을 잡아주었는데
내게 시한부 육 개월 진단이 내려지니 그 애가 먼저
떠올랐다

영이야!
너하고 한 약속을 못 지키게 되어 미안타

미친년아!
네가 왜 미안해 미안하면 세상 끝까지 살아서 낳은
새끼들
시집 장가도 보내야제

소리소리 치면서 죽을 듯이 통곡하던 영이는
용하다는 점쟁이를 찾아가 보기도 하고
내 몸에 좋다는 것을 사방팔방 수소문하여 지푸라기
잡는 심정으로
이거 한번 먹어보라고 손수 다려 와 그렁그렁 건네주
고는

너 잘못 되믄 조물주든 개나발이든 가만 안 둘 껴

내 인생의 OST

작은 오빠는 마루에 앉아 기타를 치며 '민들레 홀씨
되어'를 부르곤 했다
난 밤하늘 별을 보며 나직나직 노래를 따라 불렀고

어릴 적 과일이 귀했던 시절 초등생 오빠는 여름이면
다람쥐처럼 빠르게 산을 뒤져 오디, 으름, 머루 다래
등등
달콤한 열매를 한 소쿠리 가득 따오곤 했다

어느 한날 오디 먹다 흘린 내 하얀 블라우스를 버려
놔서
동네 골목길을 늦은 밤까지 배회하다 엄마 몰래 살금
살금 집에 들어와
서로의 배에서 나는 꼬르륵 소리를 들으며
내일은 더 많이 따다 주겠다는 오빠와 새끼손가락을
걸다 잠이 들기도 하였는데

뭐가 그리도 급했는지 오빠는 먼저 먼 길 떠나버리고
나만 홀로 남아 '민들레 홀씨 되어'를 가만히 불러본다

바람에 씨를 날려 보내는 민들레 홀씨처럼 훨훨 날아
다니며
천상에서도 기타 치고 노래 부르며 사시는 건 아닌지

비밀

스크린 도어도 없었고 안전장치도 부실했던 시절
두 아이를 데리고 지하철을 타려는데 전동차 벌어진
틈 사이에
큰아이 몸통이 그만 끼고 말았다
순간 놀란 내 몸은 그 자리에 얼어붙어 꼼짝 못 하고
출입문을 닫는다는 안내방송은 흘러나오고
아이 팔만 잡고 동동거릴 때
저쪽 끝에서 청바지 입은 젊은 청년이 쏜살같이 달려와
큰애를 번쩍 들어 올려 전동차 안에 내려놓고 휑하니
가버렸다
놀라서 우는 아이를 달래느라 몇 정거장 지나 정신이
들어
그 청년을 찾아봤으나 보이지 않았다
내가 이순(耳順)이 다되도록 청바지 입은 사내를 좋
아하는
이유가 바로 거기에 있다

말 없는 당신

당신에게 잘 보이고 싶어
흰 머리 염색도 하고 왔건만
진정제에 취해 잠만 자는 당신

무의식 중에도 답답한지
호흡기를 빼내려 자꾸만
허공에 헛손질하는 걸 보니
하고 싶은 말이라도 있는 거요

복슬강아지처럼
푸근하게 웃어주던 그 고운 입이
때론 메두사처럼 험악하게 돌변하여
독설을 내뿜던 그 시절이
나는 차라리 그립기만 하오

노랑의 봄을 꿈꾸는 여느 씨눈들처럼
기지개를 켜며 깨어나길 바라오
내일 또 오리다

멧돼지를 만나다

북한산 자락 둘레길
이어폰에서 흘러나오는
노래를 신나게 따라 부르며
저물녘 집으로 돌아오는 길

바로 앞에서
덩치 큰 어미 멧돼지 한 마리가
떡 버티고서 나를 빤히 바라보는데

발이 바닥에 박힌 것처럼
그 자리에서 얼음 땡

멧돼지 저도 놀랐는지 꿈쩍도 않고
계속 눈만 껌뻑껌뻑

에헤라

너도 날 보고 놀란 것이냐

아서라

너보다 약한 게 나라는 짐승이니

아버지의 등

막걸리 한 사발 쭉 들이키며
주막 할매와 주거니 받거니
주전자 바닥까지 다 비우던 아부지

손에 쥔 돈부 과자 오물거리는 어린 딸
무릎 위에 앉혀놓고
'울 막둥이 이담에 커서 시집가는 거는 봐야 쓰것는디
애비가 늙어서 그때꺼정 살아 있을랑가 모르제'

반쯤 뜬 졸린 눈으로 구슬픈 가락 흥얼거리며
불콰해진 걸음걸이로
경자네 집 앞 구불구불 작은 논길 지날 때
등에서 놓칠세라 양손에 다시 한번 힘을 줘 깍지 끼며

'애비 등짝 꽉 붙들어야 혀
도랑으로 빠지믄 클 난당게로'

맘껏 뛰어놀던 뒷동산 마당바위처럼
든든하고 따시던 울 아부지 등짝

시절 인연

세상사 모든 인연을
어찌 내 마음대로 할 수 있겠냐만

머리카락 쭈뼛 서는 기억도
눈 밑 아른거리는 추억도

모른 척
아닌 척

마음이 돌아서는 순간은
고개를 돌리는 순간보다
더
짧더라

사랑을 잃었다는 말

라디오에서 흘러나오는
따뜻하고 부드러운 기타 선율 위에

잔잔히 가슴을 후벼 파는
어느 가수의 애절한 보이스

먹먹한 노랫말에 녹아들어
묵직하고 서늘한 통증이 밀려오고

기형도의 시 한 구절도 떠오른다
'사랑을 잃고 나는 쓰네'

노래 한 구절에 코끝이 찡해져
눈물 나는 것이 아직도 갱년기인가

저녁으로 맑은 소고기뭇국을 끓이려다
진한 사골국을 끓여버렸네

무대에 올라

무대 위에 올라 기타 연주를 한다는 건
꿈에서도 생각해보지 못한 일
링거주사까지 맞고 올라
긴장한 탓인지 실수도 남발했지만
첫 공연을 무사히 마쳤다

막연하게 그냥 좋아하는 것은 있었지만
정말 즐겨 빠질 수 있는 게 무엇인지 모르고 살다가
우연한 기회에 기타를 배워 무대까지 올랐다는 게
스스로 생각해도 놀랍기만 한데

이제야 살맛이 난다는
그런 소갈머리 없는 생각이 드는 건 무엇 때문일까
사람들이 인정해주지 않더라도
밀고 나가는 게 인생

늦었지만
많이 늦었지만
남은 生 재미지게 살기로 하자

이 순간,
'얼음이 녹으면 봄이 된다는 말이 나를 살게 한다'는
어느 시인의 글귀가 내 안을 파고드는데

가을 앓이

바람이 빗질하듯 결이 느껴지는 초가을 밤하늘이 참
좋네요
당신과 함께 걷고 싶었던 밤하늘이 너무나 많았지요

검은 천에 진주 가루를 뿌려놓은 듯
별들이 반짝이던 문배마을 밤하늘을 보며
투박한 손으로 살포시 어깨를 감싸 안으며 눈을 맞추던
당신에게 그만 푹 빠져버렸지요

같은 하늘 아래 살면서도 만날 수 없기에
금홍이가 불렀던 노래만 가만히 읊조립니다

굽이굽이 뜨네기 세상(世上)
그늘진 심정(心情)에 불 질러버려라

결국, 떠나는 것들

사나운 태풍 속에서 자신을 지켜낸 나뭇잎
산새의 작은 움직임에도 바르르 떨며
죽을힘으로 생가지에 매달려 있다

가면서 자꾸 뒤돌아보는 얼굴처럼
버리지 못한 시간들은 얼마나 남았을까

나를 버릴 때까지는 묵묵히
살아가야만 할 것 같은데 결국

떠나고 마는 것들을 보니
헛헛한 눈시울만 허공에 번진다

제
3
부

고사목

지는 노을에 고요히 물드는 고사목
허허로운 위엄 깃들어 있어
지나는 발걸음도 스스로 낮아지는데

속이 비어 삭아버린 앙상한 가지
숭숭 뚫린 남은 살점마저 벌레들에게 내어주고
선 채로 열반에 들어 숙연하기만 한데

오늘도 구부러지고 뒤틀린
상처투성이 옹이 흔적 끌어안고
세상의 한 귀퉁이를 지키고 있다

나도 저렇게만 살다 갈 수 있기를
마음속으로 가만히 빌어본다

엄니의 손맛

기운 떨어지고 입맛 없을 때
사무치게 보고 싶은 사람

텃밭에서 금방 뽑아온 싱싱한 배추겉절이에
짭조름한 젓갈 무침이랑 조물락 조물락 나물 반찬을
더운밥에 말없이 얹어주시던 사람

그 울 엄니 손맛을
나는 언제쯤 따라갈 수 있으려나

요물

우연히 몇 시간 동안 함께 동행하면서
이런저런 얘기를 나눈 것이 전부였는데

테리우스를 닮은 그가
삼 일째 되는 날 연락이 왔다

시간 내서 밥을 사겠다는 말 한마디에
주저하지 않고 단번에 좋다고 답변하고 나니

몰래 숨겨놓은 단풍잎 속마음을
들킨 것 같아 얼굴이 화끈거렸다

내 안에 있는 요물이
툭 튀어나오는 순간이었다

기타 도전기

늦게 배운 도둑질로 날 새는 줄 모른다더니
그 속담이 딱 들어맞는 요즘이다

기타를 배운 지 삼 개월째
아침에 눈 뜨자마자 끌어안고 코드를 짚어보는데
큰애가 울 엄마 기타 신동 될 것 같다며
우리도 좀 예뻐해주지, 한다

주방에서 밥하다가도 노래 한 곡 쳐보고
청소기 돌리다가 또 연습했더니
손가락에 마비가 와서 병원을 찾게 되었다

젊은 의사는
왼쪽 엄지손가락 방아쇠 수지 증후군이라는 진단을
내리고
기타를 잠시 쉬어야 한다고 하는데
나는 나와 딱 맞는 새 기타를 사려고
낙원상가 악기점을 서성거리고 있다

시를 이토록 열정을 다해 썼더라면
대시인이 되고도 남았을 텐데
남편감도 이렇듯 간절한 마음으로 두 눈 크게 뜨고
볼걸
중매로 처음 맞선 본 사람과 삼 개월 만에 결혼할 줄
이야

바람

신들의 신이 제우스라면
나무들의 나무는 소나무다
그 소나무가 오늘은 발정이 나서
세상에 송홧가루 뿌려댄다

난 노오란 가루 뒤집어쓴 채
솔가지에 귀대고 엿들었다
털어서 먼지 안 나는 게 있느냐고
너는 안 그러느냐고

도담삼봉

어떤 장난기 많은 신이 빚어놓은 것일까
서로 먼 곳만 바라보는 세 개의 기암괴석들

폭포처럼 외곬으로 쏟아지는 본처의 시선을 애써 피
하고 있는 남편
의기양양하게 배 불룩 내밀며 남편과 눈 맞추고 있는 첩
배 속에 아기 품은 첩이 꼴 보기 싫어 슬그머니 돌아
앉은 아내

히
거 참

고마워요 그대

고맙다, 살아가다 지쳐 불현듯 마음 무너진 날
내 마음 꺼내 보여주지도 않았건만
귀신처럼 알아채고 다가와 손 내미는 사람

늘 받기만 했던 나
고마운 그대를 내 눈이 어두워서야
알아보게 되어 다시 빤히 바라보는 얼굴

똠방각하

우스갯소리 잘하고 퍼주는 인정도 넘쳐 이장 월급 남
들에게 털어주고
집에 빈손으로 들어와 허허 웃는 사람

더운 밥상 살뜰히 차려주는 아내가 고맙고 미안해서
다시 허허허 넉살 좋게 넘기며 동네 궂은일은 모두
도맡아서 하는 사람

앞 못 보는 시각 장애인과 거동이 불편한 주민에게
손과 발이 되어주고도 모자라
누군가에게 일어날 만약의 사고에 대비하여 늘 출동
대기하는 사람

똠방각하 우리 이장님

전화

삼십칠 년 전에 딱 한 번 데이트했던 김민수입니다
우리 처음 만났던 스무 살 때 기억은 하나요

지인이 수미 씨가 쓴 시집이라며 건네주는데
깜짝 놀라기도 했지만 설레고 반가워서
무등산 정상에서 같이 간 일행들에게
시집을 소개하고 읽어주었지요
읽다가 울고 말았지요

그리고 얼마 전 선운사에 다녀왔는데
진흥굴 앞에서 수미 씨 건강 회복을 기도하고
수리봉에 올라가서 수미 씨 고향 쪽을 바라보며
어쩌면 처가가 될 수도 있었는데, 하는
주책맞은 생각도 해보았지요

선운사 동백꽃 질 때 동백 숲에서 얼굴 한번 봐요
잊으려 해도
잊혀지지가 않네요

예쁘다 너

누가 그랬지
초록이 지치면 단풍이 되는 거라구
초록 세상을 무대로
패션쇼 하는
바알간 너
참 예쁘다

우이동 계곡

단풍잎에 곱게 파고들어
그림자 놀이하는 가을 햇살

계곡에 발 담그고
가만히 내려다보는 단풍잎

어쩜 좋아 농염하게 후끈 달아오른
앵두 같은 붉은 입술

아무리 유혹해도
대번에 넘어갈 내가 아닌데

하늘이 내린 색채에 반해
세상일들을 잊는다

두부김치에 막걸리 한 잔

살다 보면 그런 날이 있더라

살랑거리는 치맛자락 살짝 흔드는
산들바람처럼
저무는 중년을 멋지게 살고 싶은데

물속에서 스르르 녹아 없어지는 소금처럼
사랑이 녹고
슬픔이 녹고
마음이 녹고

서쪽 하늘 붉은 노을에
문득
가슴이 메어져
두부김치에 막걸리 한 잔 마시고 나면
온 세상이
빈 잔으로 보이더라

무엇을 더 비우고
무엇을 더
채우고 살아야 하나

즐거운 풍경

사거리 신호등 앞
선거유세 차량에서 흘러나오는 노래 리듬에 맞춰
흥 넘치는 여섯 살짜리 손자와 함께
가벼운 몸짓으로 춤을 추는 할아버지

아 싸 아
허 이 허 이
아 앗 싸 아

덩달아 박수 장단을 쳐주던 사람들의 마스크 쓴 얼굴에
모처럼 연분홍 복사꽃이 활짝
신종코로나 저 멀리 달아난다

샤방샤방 꽃 잔치에 애간장 녹는 징그럽게 좋은 날
푸른 별도 덩실덩실 풍경 보러 가자고 재촉하는 날

행복이란

쌀쌀해진 바람에 추울까 봐
두 손으로 아이의 옷을 꼭 여미어주는 엄마를 봤을 때

이른 봄 길섶에서 만난 노랑 민들레 하나
빼꼼히 고개를 내밀어 활짝 웃을 때

산부인과 진료 대기실 앞에서 만삭이 된
아내를 부축하는 조심스러운 남편의 손길이

내게도 전염될 때
바로 그때

제
4
부

속삭이는 자작나무 숲

숲속에 발을 내딛는 순간
나무가 뻗어간 곳을 바라보니 파란 하늘이다
누구를 찾으려고 하늘 끝까지 발돋움하는 걸까

신작로 사이에 두고 걸으며
평풍처럼 주거니 받거니
얼굴 가득 서로 피어나던 웃음

길가에 어린 풀꽃 어깨동무할 때
졸졸 흐르던 시냇물
그 합창소리 목청껏 따라 불렀던

머리카락 희끗희끗 지나온 시간들
일렁이는 가슴 한켠 에이도록 꾹 참고 묻어버렸건만

자작나무 숲 하늘을 치어다보니
첫사랑 그 목소리 오래오래 들려오네

노부부의 벚꽃엔딩

지팡이 짚은
할머니 손을 놓칠세라
꽉 쥔 할아버지의 붉어진 손등

신랑 신부 입장하듯
꽃가루 펼쳐진 하얀 융단 길 밟으며
노을 속으로 천천히 들어가는 노부부

세월을 이기는 장사 없듯이
젊고 화려했던 시절
자식들에게 몽땅 내어주고

느린 할머니 발에 맞춰
한걸음
한걸음

몸으로 밀면서 가는
할아버지 등 뒤로
눈발처럼 흩날리는 꽃잎들

랄랄라 노래처럼

우두커니 멈춘 세상 한복판에서
이러지도 저러지도 못할 때

어디선가 아스라이 흘러나오는
꼭 내 맘 같은 노래에
실낱같은 위로가 되더라

'지나간 것은 지나간 대로
그런 의미가 있죠'

미련을 둔다고 해서
후회를 한다고 해서
짜증을 낸다고 해서
내 힘으로 바꿀 수 없는 세상인데

죽어도 죽어도 한 번뿐인 인생살이

이젠 쉬엄쉬엄

랄랄라 노래처럼 살아보는 것도

오늘 아침 도착한 택배

구순히 다된 여고 때 은사님께서
김제평야 맛난 쌀이라며 보내주셨다
고맙다는 인사를 전하는데 하시는 말씀이
내가 살면 얼마나 살겠냐며
그동안 고마웠던 지인들에게 마음을 전하고 있다고
말끝을 흐리시는데
서로 가슴이 먹먹해 더는 할 말을 못 하고
그만 입을 틀어막고 말았다

눈 깜짝할 사이

소나기가 한바탕 지나간 하늘
쌍무지개 색동다리가 놓여 있어
넋 놓고 바라다보니 금세 사라지더라

예쁘게 시작했던 옛사랑의 기억들도
분명 세상을 다 가진 것처럼 행복해서
넋 놓고 바라보는 사이에 끝이 났고

강렬하고 예쁜 시간들은 왜
내리꽂는 장맛비에 휩쓸리듯
순식간에 지나가 버리는가

우연히 언뜻

우연히 언뜻
익숙했던 체취가
지나는 사람들 틈에서
코끝으로 훅 스며들었다
나는 고개를 두리번거렸다

불타던 마음도
이미 숯이 된 지 오래건만
그리워한들 오지 않을 사람을
들쑤시는 내가 미쳐서
웃게도 되고
눈물도 짓게 하는 인생

아무도 눈치채지 못하게
비수를 숨겨도
가끔씩
코끝으로 스며드는 그의 체취

어쩌지요

봄바람에 너울너울 춤을 추던
하얀 목련꽃

한순간 변심한 애인처럼
미련 한 줌 남김없이
서둘러 떠나가는데

당신 머물다간 자리
툭툭 터져 진물이 돋는
나는 어쩌지요

희망사항

늦게 기타를 배우면서 희망사항 하나 생겼네

평소 존경하는 스승님 칠순에는
분위기 좋은 목로주점 하나 빌려
막걸리 모듬 전 도토리묵 푸짐하게 시켜놓고
조촐한 이벤트 해드리고 싶다는 주책맞은 생각

가무에 섹시한 혜선이 중심에 세우고
코스모스처럼 여리여리한 여정이는 코러스
반주에는 막걸리 한 잔과 나의 기타 연주

그때쯤 이면 손놀림이 더 현란해져서
풍성한 연주가 될 것 같은 기대감도 있으이

그때면 또 선균, 상률 오라버니도
곁에서 흐뭇한 눈으로 쳐다볼 것 같으이

마음 같아서는 팔순 때 해드리고 싶지만
누구 하나 빠진다는 건 너무도 섭섭한 일이어서
십 년을 앞당기고 말았네그려

내가 오래오래 살아 있기를 간절히 바라신 보은(報
恩)에
조금이나마 보답할 수 있는 그런 날 꼭 왔으면 좋겠네

중년의 시간

고무줄놀이 공기놀이하고 노는데
경숙아 미순아 영심아 저녁 먹어라
해 질 무렵 엄마들 부르는 소리에
친구들은 하나둘 집으로 돌아가고

어둑어둑해진 텅 빈 마당에
나 혼자 덜렁 남아 있던 느낌은
중년이 되어서도 계속되고

일 년의 시작이 엊그제 같았는데
벌써 마무리하는 계절이 다가오다니
한 살 더 나이 먹는 게 이렇게 쉬워서야 원
목 놓아 통곡이라도 하고 싶은 중년의 시간

거울을 보다가

왜 미친 사람처럼
실실 웃는 거냐고 물어보니

옆에서 볼 수 있다는 사실이
생각만 해도 좋아서 그러는 거라고

왜 좋으냐고 또 물어보니
그냥이라는데

당신 아프지 않은 것이
나의 소원이라는 것을
당신은 알까

세상 사는 일

사람들은 더불어 사는 세상 인양 얘기하면서
정작 잘해주면 호구 취급을 하고 상처 줄 때가 있다

착한 사람은 결국 만만한 사람이 되고
물에서 건져주면 또 보따리를 내놓으라 하기 십상이다

아무리 베풀어도 고마운 줄 모르고
결정적인 순간에 외면해버리거나
친했던 사람이라도 영양가가 없으면 돌아선다

햇살 퍼지는 대청마루에 앉아 장독대를 바라보는
이 느낌으로 살아보는 것도 좋은 일이건만
사람들은 좀체 내려놓을 줄을 모른다

배우 차홍녀를 아시나요

'홍도야 울지마라' 여주인공 차홍녀는
거적을 쓰고 웅크리고 있는 거지에게 1원을 적선하고
마마라 불리던 천연두에 전염되어
꽃다운 나이 22세로 生(생)을 마감하고 말았다
홍제동 화장터로 가는 운구 행렬 끝자락에는
전국의 문둥병 환자와 거지들이 뒤따랐다

종갓집 며느리

낼모레가 조상님 시제(時祭) 모시는 날이라서
집에 가봐야 쓰것는디 서운하게 생각 말어라

산후조리해 준다고 오셔서 이틀 만에 가신다니요
열 달 동안 품어 배 아파 낳은 자식이 맞냐고요
난산하고 병원에 누워 있는 딸보다 조상이 먼저인갑
소잉

어매는 이씨(李氏) 가문에 시집온 첫날부터
조상님을 신(神)처럼 모시다가 이름도 없이 죽었다

이별

이유 없이
그냥 좋아서 시작한 마음
꽃바람으로 떠나보내고
더는 돌아보지 않기로
천 번 만 번 다짐하고도
흐드러진 목련 쳐다보다
두 눈이 촉촉해져
한참을 그 자리에서 엉엉
울어버린 나

그리고
야속한 봄

어느 어미의 절규

불쌍한 내 자슥
이 세상에 왔다 갔다는 표적 하나 남기려고
이 죄 많은 어미 뱃속을 빌려서 나오더니
제 새끼 하나 달랑 남겨놓고 가버렸구나
그랬구나
그랬었구나

제
5
부

세상에서 가장 아름다운 말

엄마아
하고 부르면 전화기 너머로 들려오는 말

오메 내 새끼

늙음에 대하어

예전과 다르게 내가 변했다는 걸 느낄 때가 있다
한 번도 겪어보지 못한 신체 스위치에 오류가 생기고
원만했던 대인 관계도 좁아져 사람을 가려서 만나게
된다

아플 때마다 저절로 절감하게 되는 것들
약을 먹어도 금방 좋아지지 않을 때는
몸도 마음도 무너지고 오직 외로움만 느끼게 된다

먼발치에 있는 줄만 알았는데
개운한 듯 개운하지 않은 몸에게
떠밀려가듯 많이 떠밀려가 버린 마음에게
가만히 가만히 속삭인다

덧대고 보탤 필요 없이 지금 이대로도 괜찮다고

큰 오빠

하얀 러닝셔츠 너덜너덜 닳도록
온 동네 업고 다니던

버스비 아끼고 아껴
막내 여동생 좋아하는 머리핀
종류별로 사서 예쁘게 꽂아주던

면회 안 되는 중환자실 앞에서
이 오빠를 봐서라도 꼭 살아야 혀
그렇게 큰소리로 울먹이던

큰 오빠의 간절함이 통했는지
서서히 몸이 회복되어
몇 년 만에 고향 집을 방문하고 나서는데

다시금 눈물 그렁그렁 맺혀 쳐다보던
울 큰오빠

전순임과 사랑이 애기씨

민며느리로 들어와 밥투정이 심한 시누이
사랑이 애기씨를 등에 업고 키운 전순임

열여섯 살이 되어 신방을 차린 첫날 밤
방문 앞에서 울어대는 시누이 가운데 눕히고 셋이서
잤다는데

늘 한 몸처럼 애틋하게 챙기며 한 동네로 시집 보내
놓고
굴곡진 삶을 살아내는 것을 가까이서 지켜보며
가슴 한구석이 무너져 내렸다고

전순임이 세상을 떠났다는 소식에
사랑이 애기씨 한 달 내내 식음을 전폐하고 통곡하는데

성님 성님 우리 성님
저승길 무서운 게
내 손 잡고 가야제
어찌 그리 무정하게 혼자만 가시었소

가을인데 어때

여행지가 아니어도 세상은 수채화로 물들어
어디를 둘러봐도 온통 가을빛으로 출렁이고

단풍도 붉은 옷으로 갈아입고 훨훨 타오르는데
우리 가슴에 불도 한번 질러보고 싶고

잊고 살았던 옛사랑도 꺼내어
그 향기 맡아볼 수 있었으면

감성은 말랑말랑 부드러워지고
마음도 달달하니 사랑스러워지는 이때

너 대신 달이라도 껴안고
엉엉 울어나 보았으면

한지민처럼 따라 웃었다

2호선 동대문역사 지하철
승강장 스크린 속 화면에서
배우 한지민의 눈부신 표정을
정신없이 바라보다 생각하거늘

사람이
어떻게
저렇게
환하게
웃을 수 있지?

그래!
죽을 때 죽더라도 한지민처럼 웃어보자고
환한 얼굴로
병원 문턱을 넘어선다

내게 선운사는

선운사 입구 들머리 길에 들어서자
왼쪽 도솔천 건너편 천변 절벽을 뒤덮은
사철 푸른 송악이 눈에 확 들어온다

초등학교 6년 동안 도시락통 달랑거리며
봄 가을 소풍을 다녔던 곳

사월 초파일 저녁이면 정갈한 한복 입고
정성스레 탑돌이 하시는 어머니 치맛자락 붙잡고
절 마당 주변을 마냥 따라다녔던 곳

예쁘장한 주모의 목쉰 육자배기 가락에
잘 익은 '꽃술' 한 동이를 앉은 자리에서 비웠다는
시인은 어디로 가고 없는지

소소한 행복

엘리베이터 문이 열리자
집으로 점점 가까워지는 경쾌한 발소리

현관에 들어서자마자
능청스럽게 품으로 파고들며 코를 킁킁대고 살을 부
빈다

나 이 냄새가 세상에서 젤 좋아
늘 잔잔한 감동으로 기쁨을 주는
애인 같은 고1 아들

세상에는 존재만으로도
어두운 마음 환히 밝히는
이런 보물도 있는 법

자식이 뭣인고

어미 눈에는
하늘의 별만큼 반짝이는 게 자식이라

한 몸이었다가 둘로 나뉘며
목숨 거는 출산의 고통쯤이야
열 번이고 백번이고 받아들일 수 있는 일이지만

홀로서기를 선언한 애물단지를
품에서 떨구어 내보내야 하는
시리고 아린 어미 속이라니

잃어보니 알게 되는 것들

먹물 한 바가지 뒤집어쓴 것처럼 온 세상이 캄캄할 때에
비로소 보이고 들리는 것들 있더라

기쁘고 건강할 때에는 무심코 지나쳤던
크게 와닿지 않았던 것들이
유달리 더 잘 보이게 되고

아무리 즐거워 보이는 사람도 가만히 두 눈 들여다보면
말 못 할 사연 하나쯤 담아놓고
애써 태연한 척 살고 있다는 거

엄마가 미안해

태어날 때부터 잔병치레를 달고 살아
기침 한번 소리에도 가슴이 철렁

아프면 '엄마 기도해주세요' 라는
말이나 하고 말아 더 가슴이 아렸던

하느님 부처님 동서남북 모든 신(神)들에게
눈만 뜨면 주절주절 기도한 덕분인지

어엿한 청년이 되어 홀로서기를 선언하고
사업도 번창하여 이제 한숨 돌리나 싶었건만

'저 대학병원에서 진찰받고 왔는데요. 실비 보험 들
어놓으셨죠?'

전화기 너머 힘없는 목소리 불현듯 스치는 아찔한 생
각에
쿵 무너져 내리는 가슴 부여잡고 혼잣말로 되뇌는 말

'엄마가 미안해'

석류가 된 순천댁

살짝 올려 치뜨는 눈꼬리가
뭇 사내 여럿은 홀리고 남았을 순천댁을
어떻게든 꼬시리라 굳게 결심하고
퇴근길 동네 포장마차에 오늘도 출근하는 박 씨

오메 어서 오시요잉 또 오셨고만이라
오늘 비도 내리고 맴도 거시기 껄적지근 허지라우
저 짝으로 가서 앉으셔용

가게 안을 둘러보니
동네 남정네들은 모두 여기 모여 있다

꼼장어랑 문어랑
할딱거리는 싱싱한 대합도 주고
육회는 추가!

박 씨는 어깨를 치켜올리며
으스대듯 비싼 안주를 주문한다

순천댁! 내 잔 좀 받으소
이놈 저놈 한 잔씩 따라주며
은근히 손을 만지작만지작
이짝에도 한 번은 오것지
간절히 목매달고 앉아 있는데

덩치 큰 사내 하나 스윽 들어서며
어이 임자 하고 부르는 소리에
순천댁 석류알같이 얼굴 붉히며
기어들어가는 목소리로
당신이 가게꺼정 어쩐 일이당가요

하얀 설움

어린 동생 등에 업고
일 나간 엄마를 기다리던

햇살에 비친 사과나무같이
맑은 눈을 가졌던 언니

잊혀지고 다시 지워져 멈춰선 자리
들녘 모퉁이 풀숲 하얀 찔레꽃

목 놓아 내뿜는 건 누구의 내음이던가
언니의 순박한 내음인가

찔레꽃
그 짧은 생의 서러움인가

첫눈

첫눈이라 인사는 나눠야겠기에
설레는 마음으로 찾아 나선 계곡 길

하얀 솜옷을 입은 바위
빛바랜 연둣빛 단풍잎
코가 빨간 산수유

소나무 몸통을 무대 삼아
뽀드득뽀드득 소리에 맞춰
날아갈 듯 빙글 도는 작은 눈사람

눈 덮인 산기슭에
누군가 낙관처럼 찍어놓은 글씨 '순옥'

첫눈은 모두를 설레게 한다

지나갈 거야

매일 아침 눈 뜨는 것이
매일 저녁 눈을 감고 잠을 청하는 것이
두려울 때가 있었다

아스팔트 위 생물이라고는 전혀 살 수가 없는 틈 사
이로
아주 가냘픈 풀 포기가 올라오는 것을 보고
한겨울 내내 죽은 듯이 메말랐던 나무가 봄이 되면
푸른 피가 도는 것을 보며
나 자신에게 주문을 걸듯 읊조렸다

지나갈 거야
지나갈 거야

돌이켜보면 견디기 힘들다 생각했던 시간도
아무렇지 않게 흘러갔다
언제 그랬냐는 듯

모든 것은 왔다가 지나가는 법

예외는 없다

봄비

한 잔이 두 잔이 되고
두 잔이 세 잔이 되어
그가 떠나고 한 번도 찾지 않았던
공원으로 산책을 나갔다

나란한 어깨로 즐겨 타던 그네가 흔들리고 있었다

촉촉이 내리는 봄비에 빛나던 시절의
흔적들은 물로 그린 그림처럼 안타깝게 사라져가고

무던히도 잊으려 애를 쓴 난
오늘도 홀로 그네를 밀고 있다

긍정의 정신이 일으킨
놀라운 힘

오봉옥(시인, 서울디지털대학교 교수)

1

나는 작가로서 그늘이 없는 사람을 사랑하지 않는
다. 그러나 그늘이 없는 사람은 무병신음을 일삼는
사람보다는 낫다. 가장 윗길은 그늘을 그늘로써 보여
주지 않는 사람이다. 눈물을 흘리는 사람보다 눈물
을 애써 참는 사람의 모습이 더 가슴을 후벼 파듯 그
늘을 드러내기보다 그늘을 애써 감추는 사람이 가슴
을 더 움직이게 한다. 이수미 시인은 그런 사람이다.
그의 작품세계는 긍정의 정신이 일으킨 놀라운 힘을
보여주고 있다. 부정적 현실을 극복하는 긍정의 힘은
무거움이 밀어 올린 가벼움의 세계로 발현된다. 그러
니 슬픔을 안고 있으면서도 밝고 통통 튄다. 읽다 보
면 웃음이 절로 나는데 읽고 나면 가슴이 싸해진다.
그의 작품 속으로 들어가 보자.

124

잘 자
잠들기 전
가까운 사람들끼리 나누는
다정하고 애틋한
그 평범한 말이
눈시울을 적시게 한다

사라지고 돌아오는 별들처럼
꿈길로 가는 고요한 인사
인생의 마지막 날까지
하고 싶은 말

언젠가 나 눈을 감을 때에도
꼭 듣고 싶은 말
잘 자

_〈마지막 말〉 전문

이 시는 '잘 자, 내 꿈 꿔'라는 광고 한 토막을 떠올리게 한다. 시적 화자는 이 평범한 말을 하면서 살고 있고, 이 평범한 말을 죽는 순간까지 듣고 싶어 한다. 심지어 '잠들기 전 가까운 사람들끼리 나누는' 이 일

상적이고도 평범한 말 한 마디에 '눈시울'을 적신다. 이 시에서의 슬픔은 '잘 자'라는 가벼운 인사에 가려져 있다. 시적 화자의 심사는 '잘 자'라는 이 가벼운 인사 한 마디에도 '눈시울'을 적시게 된다는 표현 속에 녹아 있다. 이 가벼운 인사조차 나눌 수 없을 정도로 어려운 상황에 놓여본 사람이라면 이 감정을 쉽게 이해할 수 있으리라. 인간은 어려운 상황에 놓이게 되면 가장 평범한 일들을 그리워하는 법이다. 중환자실에 누워 있을 땐 걷는 사람을, 감옥에 갇힌 사람이라면 자유로운 상태에 놓인 모든 사람을 부러워하는 법이다. 이 시의 화자는 어떻게 살아왔기에 이 평범한 말 한 마디에 '눈시울'을 적시게 되는 것일까. 시인을 굳이 시적 화자와 동일화시켜 볼 일은 아니지만, 이수미 시인을 잘 아는 나로서는 이 시에 흐르는 정서에 십분 공감하게 된다. 이 시와 비교해서 음미해볼 만한 시는 〈세상에서 가장 아름다운 말〉이다.

엄마아

하고 부르면 전화기 너머로 들려오는 말

오메 내 새끼

       _〈세상에서 가장 아름다운 말〉 전문

  이 세상에서 가장 아름다운 말은 '엄마'다. 이 말에
동의하지 않을 사람이 얼마나 있겠는가.

  사람이 태어나 처음 배운 말이 '엄마'다. 사람이 성
장하며 가장 많이 부르는 말도 '엄마'이고, 결혼을 해
아이를 낳게 되면 가장 먼저 가르치는 말도 '엄마'이
다. '나'라는 존재와 유일하게 동일시되는 말이 '엄
마'이고, 자식과 유일하게 자신을 동일시하는 존재
도 '엄마'이다. '엄마'는 자식을 위해서라면 막무가내
로 달려든다. '엄마'는 자식을 키우기 위해 헌신적으
로 생활하고, 평생 동안 자식이 잘되기만을 바라다
가 눈을 감는다. '엄마'라는 존재가 그러한 까닭에 우
리는 '엄마'라는 말만 들어도 눈시울을 적시게 된다.
이 시의 화자 역시 세상에서 가장 아름다운 말이 '엄
마'라고 역설한다. '엄마'는 자식에게서 전화가 왔을
때 '오메 내 새끼' 하며 원초적 감정을 드러낸다. 단

시이든, 선시이든 간에 짧은 시 중 좋은 시는 '짧지만 긴 여운'을 느끼게 하는 시이다. 이 시는 '엄마'를 세상에서 가장 아름다운 말이라고 하니 엄마라는 존재를 생각게 하고, 자식의 목소리를 듣자마자 '오메 내 새끼'라고 말하는 '엄마'의 원초적 감정을 생각하니 눈시울을 적시게 한다. '오메'는 '어머'의 방언으로써 기층언어이다. 어릴 때부터 귀로 익힌 이 말은 듣는 순간 고향의 바다로 빠지게 한다. '어머'는 모두가 알다시피 깜짝 놀라거나 감탄했을 때 내는 말이다. '오메'와 '어머'는 같은 말인데 다르다. '오메'에는 감탄을 넘어선 추억과 감동이 묻어 있다. 그 '오메'에 '내 새끼'라는 말을 덧붙이니 감탄이 배가되고, 감동이 배가되는 느낌을 안겨준다. 이 시에서 말한 '세상에서 가장 아름다운 말'은 '엄마'를 가리키는 것이지만 엄마의 입에서 자신도 모르게 나왔을 이 '오메 내 새끼'라는 구어야말로 '세상에서 가장 아름다운 말'일 수밖에 없다는 생각도 하게 된다. 〈마지막 말〉과 〈세상에서 가장 아름다운 말〉이 무거움이 밀어 올린 가벼움의 세계를 보여주고 있다면 〈고사목〉은 그 무거움을 은유로 포장해 보여준다.

지는 노을에 고요히 물드는 고사목
허허로운 위엄 깃들어 있어
지나는 발걸음도 스스로 낮아지는데

속이 비어 삭아버린 앙상한 가지
숭숭 뚫린 남은 살점마저 벌레들에게 내어주고
선 채로 열반에 들어 숙연하기만 한데

오늘도 구부러지고 뒤틀린
상처투성이 옹이 흔적 끌어안고
세상의 한 귀퉁이를 지키고 있다

나도 저렇게만 살다 갈 수 있기를
마음속으로 가만히 빌어본다

_〈고사목〉 전문

시적 화자는 '구부러지고 뒤틀린 고사목'에 측은지
심을 느낀다. '고사목'의 몸을 보니 '상처투성이 옹
이'로 가득하다. '고사목'은 말라서 죽은 나무인데 시
적 화자는 그 '고사목'이 '세상의 한 귀퉁이'를 당당
히 지키고 있다고 말한다. 아니 '숭숭 뚫린 남은 살점

마저 벌레들에게 내어주고 선 채로 열반'에 들었다고 말하며 숙연한 마음을 갖는다. 그래서인가. '지는 노을에 고요히 물드는 고사목'엔 '허허로운 위엄'이 깃들어 있어 '지나는 발걸음도 스스로' 낮추게 한다. 화자는 '고사목'에 감정을 이입하여 죽음을 생각한다. 죽음에도 품격이 있는 법. 어떻게 죽느냐가 중요하다. 품격 있게 죽으려면 '속이 비어 삭아버린 앙상한 가지'처럼 자신을 다 비워야 한다. 그래서 '숭숭 뚫린 남은 살점마저 벌레들에게 내어주고 선 채로 열반'에 들 수 있어야 한다. '주목나무는 살아서 천년 죽어서 천년'이라는 말도 있듯이 '열반'에 들 수 있어야만 스스로 위엄을 갖춘 채 '죽어서 천년'을 지내게 된다. 시적 화자는 '고사목'을 보며 스스로를 반추한다. '고사목'에 비추어보며 자신은 어떻게 살아왔는지 돌아보고, 자신도 '저렇게만 살다 갈 수 있기를' 간절히 빌게 된다. 이 시는 '죽음'이라는 무거운 주제를 뛰어난 비유의 솜씨로 포장해 보여주고 있다. 시적 자아와 '고사목'의 동일성을 추구하는 방식으로서의 사유, 즉 치환 은유가 거느리는 깊이 있는 사유로써 시를 완성하고 있는 것이다.

2

이수미 시인은 해피 바이러스를 퍼트리고 다니는 사람이다. 그가 등장하면 분위기가 밝아진다. 말 한 마디 한 마디에 타자를 향한 배려가 배어 있고, 좋은 분위기를 만들고자 하는 마음이 배어 있다. 그의 우스갯소리는 좌중을 휘어잡는다. 그런 입심이 시에서는 해학미로 드러난다.

오늘 나가 말여
날씨가 몸썰나게 좋아서 선암사에 갔었제

볼이 화르르 벌겋게 물들어
막무가내로 발길 막아서는 겹벚꽃이
꼭 낮술 한 잔 걸친 것 같더란 말이시

환장해서 쳐다보다 봉개로
내 가심 팍 인두 불로 지져불고
휑 가버린 소싯적 그놈이
번갯불처럼 스치는디

아! 썩을

사람은 어찌어찌 잊어보것는디
나를 홀라당 넘어가게 한
그 달콤한 말은 당최 잊을 수가 없으니

내 눈엔 호수가 떡 놓여 있어
그만 빠지고 싶었다나 어쨌다나

_〈봄 탓〉 전문

이 시는 이야기꾼으로서의 면모를 잘 보여주고 있
다. 입심 좋은 화자는 지난날의 이야기 한 토막을 말
하듯이 들려준다. 이야기를 따라가면 웃음이 절로 나
고, 나이 든 화자의 감정에 이입되어 공감하게 된다.
누구나 한 번쯤 그런 경험이 있었을 것이기에 우리
는 시적 화자의 정서에 동화되어 자신도 모르게 웃게
되는 것이다. 이야기의 백미는 '내 가심 팍 인두 불로
지져불고 휑 가버린 소싯적 그놈'을 떠올리는 데 있
지 않고, 자신을 '홀라당 넘어가게 한 그 달콤한 말'
에 있다고 하여 그 '말'에 집중하게 하는 데 있다. 하
지만 해학적인 그 말, '내 눈엔 호수가 떡 놓여 있어

그만 빠지고 싶었다나 어쨌다나'의 대목은 여성을 유혹할 때 흔히 하는 지극히 상투적인 말이어서 절로 웃음을 터트리게 한다. 이 시는 방언 사용의 묘미도 함께 보여주고 있다. '몸살 나다'는 의미의 방언 '몸썰나게'를 제외하면 이 시에서의 방언은 체언보다 용언에 주로 사용된다. '몸살'의 방언인 '몸썰'도 약간의 음운이 변형된 정도이고 보면 이 시를 읽어가는 데 지장을 느낄 순 없을 것이다. 낯선 체언은 주의는 사로잡을망정 읽는 데 지장을 주는 경우가 많다. 하지만 용언 중심의 방언 사용은 지역을 불문하고 읽어가는 데에 영향을 주진 않는다. 이 시의 해학적인 마무리와 함께 용언 중심의 방언사용은 시인의 의도에서 비롯되었을 것이라는 점에서 주목을 요한다. 〈봄탓〉처럼 구어체를 동원해 해학미를 보여주고 있는 시는 〈고개 숙인 남자〉이다.

종지에 담긴 간장 찍어 맛보듯
사람도 간을 꼭 봐야 쓰것냐고요?

신줏단지 모시듯 애지중지할 땐 언제고

삼 년 동안 한 번도 사랑한 적이 없었다니요?

호구처럼 홀라당 가랑이까지 벌려줬더니
왜 저 혼자서 꿀꺽 받아먹고
발라당 나자빠지느냐 말이어요
_〈고개 숙인 남자〉 전문

〈고개 숙인 남자〉는 능청과 해학이 이야기의 재미를 배가시키는 작품이다. 시적 화자는 남자에게 이별을 통보받는다. 남자는 이별을 통보할 때 '삼 년 동안 한 번도 사랑한 적이 없었다'며 고개를 숙인다. 시적 화자는 그럼 그동안 자신을 삼 년 동안 만난 것은 '간'을 본 것뿐이었냐며 되묻는다. 그러면서 '호구처럼 홀라당 가랑이까지 벌려줬더니 왜 저 혼자서 꿀꺽 받아먹고 발라당 나자빠지듯' 떠나가느냐고 분통을 터트린다. 이 시에서의 능청과 해학은 '고개 숙인 남자'가 남자의 중요한 부분을 떠올리게 하는 데에 있다. 어느 순간 시들해져 발기가 되지 않는 것을 남자는 '삼 년 동안 한 번도 사랑한 적'이 없어서 그런 것이라고 변명하듯 말한다. 그렇게 볼 때 이 '고개 숙인 남자'는 중의적 표현임을 알게 된다. 독자를 웃기기

로 작정한 듯한 이 시는 우리에게 한순간 유쾌한 재
미를 안겨준다.

　　우스갯소리 잘하고 퍼주는 인정도 넘쳐 이장 월급
남들에게 털어주고
　　집에 빈손으로 들어와 허허 웃는 사람

　　더운 밥상 살뜰히 차려주는 아내가 고맙고 미안해서
　　다시 허허허 넉살 좋게 넘기며 동네 궂은일은 모두
도맡아서 하는 사람

　　앞 못 보는 시각 장애인과 거동이 불편한 주민에게
손과 발이 되어주고도 모자라
　　누군가에게 일어날 만약의 사고에 대비하여 늘 출
동 대기하는 사람

　　뚝방각하 우리 이장님

　　　　　　　　　　　　　_〈뚝방각하〉 전문

'뚝방각하'는 1990년 인기리에 방영된 드라마 제목

이다. '똠방'은 전라도 지역에서 흔히 하는 말인 '똠방거리고 쏘다닌다'에서 온 말로써 '무능력하지만 능력이 있는 것처럼 허풍 떠는 사람' 또는 '허세를 부리는 사람'을 일컫는다. 그런데 이 시에서의 '똠방각하'인 마을 이장은 '똠방거리고 쏘다니는 사람'이지만 허세를 부리는 게 아니라 '동네 궂은일은 모두 도맡아서 하는' 선량하고도 헌신적인 사람이다. 전라도 말의 특징 중 하나는 반어적 표현이 유난히 많다는 사실이다. 필자는 어릴 때 '아이구, 우리 오살놈'하며 엉덩이를 툭툭 때리는 어른들의 말을 듣고 자라왔다. 그분들은 아이들이 예쁘고 귀여울 때, 특히 오랜만에 만난 손주들을 볼 때 그런 말을 사용하곤 했다. 상황이 그러하니 필자는 한동안 '오살놈'이 좋은 말인 줄 알았다. 그런데 나중에 알고 보니 '오살'은 반역죄나 대죄인을 사형에 처할 때 쓰던 형벌로서 사람의 몸을 다섯 토막을 내서 죽이는 끔찍한 형벌임을 알게 되었다. 또한 어른들이 반어적 표현을 즐겨 쓴다는 사실, 그래서 너무도 예쁜 나머지 '우리 오살놈'이라는 끔찍한 표현도 하게 되었다는 사실을 알게 되었다. '똠방각하'도 그렇게 사용되었을 것이다. 마을 이장이 '똠방거리고 쏘다니는 사람'이니까, 그리고 마을에서 가장 높은 직위를 가진 사람이니까 살가운 표현으로 그렇게 사용했던 것이리라. 이 시에서의 '똠방각하'는 넉넉하고, 헌신적이며, 우스갯소리를 잘하는 선량한 사람이다. 이야기 방식의 서술시는 읽는 재미를 만끽하게 해야 한다. 그런 측면에서 이 시는 이야기가 주는 시적 형상의 묘미를 잘 보여주고 있다고 할 수 있다.

3

이수미 시인의 시가 술술 읽히는 건 쉽게 쓰기 때문이고, 실감 나게 읽히는 건 묘사력이 뒷받침되기 때문이다. 그는 시를 만드는 데 익숙한 게 아니라 시적 정서를 솔직하게 토로하는 데 익숙하다. 또한 묘사 중심으로 풀어나가되 거기에 최소한의 진술을 덧붙여 절묘한 조화를 이루어내는 방식으로 시를 완성하곤 한다.

지팡이 짚은
할머니 손을 놓칠세라

꽉 쥔 할아버지의 붉어진 손등

신랑 신부 입장하듯
꽃가루 펼쳐진 하얀 융단 길 밟으며
노을 속으로 천천히 들어가는 노부부

세월을 이기는 장사 없듯이
젊고 화려했던 시절
자식들에게 몽땅 내어주고

느린 할머니 발에 맞춰
한걸음
한걸음

몸으로 밀면서 가는
할아버지 등 뒤로
눈발처럼 흩날리는 꽃잎들

_〈노부부의 벚꽃엔딩〉 전문

이 시는 하등 어려울 게 없는 시이다. 벚꽃 날리는
거리를 노부부가 걸어가는 형상이 선명히 그려져 있

다. '노부부'는 '젊고 화려했던 시절 자식들에게 몽땅 내어주고' 이젠 꼬부랑 할머니가 되어 지팡이에 의지해 천천히 몸을 움직인다. 그 곁엔 할머니가 넘어질까 봐 염려되어 '할머니 손'을 꼭 쥔 '할아버지의 붉어진 손등'이 보인다. '느린 할머니 발에 맞춰' 천천히 발걸음을 따라 움직이는 할아버지의 모습이 눈물겹다. '노부부'가 얼마나 천천히 걸었으면 '몸으로 밀면서' 간다고 표현했을까. 그리고 이 장면이 얼마나 애잔하게 느껴졌으면 '신랑 신부 입장하듯 꽃가루 펼쳐진 하얀 융단 길 밟으며 노을 속으로 천천히 들어간다'고 표현했을까. 노을 속으로 천천히 걸어 들어가는 노부부의 등 뒤로 꽃잎들이 '눈발'처럼 흩날리고 있다. 이 장면은 아름다우면서도 쓸쓸하고 애잔해서 가슴을 뭉클하게 한다. 지는 것(벚꽃), 저무는 것(노을), 늙어가는 것(노부부)이 어우러져 묘한 느낌을 안겨주는데, 시를 다 읽고 나면 나도 모르게 멍한 상태에 놓이게 된다.

이수미의 두 번째 시집 《나는 세상이라는 정원에 핀 꽃이다》는 쉽지만 울림 있는 시편들이 많다. 그가 살아온 모습이 훤하게 보여 눈물겹고, 아픔을 애써 삭이며 웃음을 내보이고 있어 가슴을 싸하게 한다.

두 번째 시집 출간을 축하드리고, 지친 삶을 살아가고 있는 많은 사람에게 일독을 권한다.